LE THÉATRE.

LE THÉATRE

LE THÉATRE

Parmi les diverses manifestations de l'art, une des plus belles, la plus séduisante peut-être, c'est le THÉATRE. Pour l'auteur, quelle récompense plus noble que de voir son œuvre écoutée par une foule attentive; pour les artistes, quel encouragement plus efficace, quelle émulation plus puissante que de jouer devant un auditoire pompeux et brillant; pour

1855

le public, enfin, quelle jouissance plus élevée que d'assister à la représentation d'une œuvre de génie, de s'approprier les inspirations de l'auteur et de vivre ainsi pendant quelques heures dans le monde de l'idéal !

Il est, par conséquent, du devoir de tous ceux qui aiment encore les arts, d'encourager de toutes leurs forces ce puissant moyen, ce magnifique propagateur des grandes pensées et des nobles émotions. Pourquoi donc, à Lyon, le Théâtre est-il abandonné, ou à peu près, par l'élite de la population? Pourquoi les œuvres les plus belles sont-elles jouées si souvent en face d'une salle vide ou de quelques abonnés distraits?

Il y a peut-être dans cet abandon une question de scrupules. Plusieurs personnes à Lyon, des familles justement honorées considèrent le spectacle comme un plaisir immoral, dissolvant, anti-religieux, et non seulement ne s'y montrent jamais elles-mêmes, mais encore en interdisent la fréquentation à ceux qui sont placés sous leur autorité. Chose singulière! toutes les fois qu'ils se trouvent à Paris, les jeunes gens auxquels je fais allusion, se rendent avec empressement et au su de leurs familles dans ces mêmes théâtres qui passent ici pour des lieux de perdition ! Qu'il nous soit permis à cette occasion de rompre une lance contre ce vieux préjugé qui proscrit des mœurs un des plus nobles loisirs de l'humanité !

Mais, hélas ! ces personnes dont nous venons de parler, ne sont pas les seules qui n'aillent pas au Théâtre. Combien d'autres ne partagent pas ces principes d'un rigorisme exagéré, et ne s'y montrent pas davantage ! Cherchons les causes de cette indifférence que nous avons déplorée si souvent.

L'hiver est, sans contredit, la saison du Théâtre.— N'est-ce pas aussi la saison du monde, me dira-t-on ? prétendez-vous faire abandonner les salons ?— Dieu m'en garde ! j'ai pour eux tous les égards qu'ils méritent et je leur dois trop d'agréables soirées pour n'en être pas reconnaissant. Mais je prétends que le monde et le Théâtre ne sont ennemis qu'en apparence, qu'il est possible même d'en faire des alliés, vivant dans la meilleure intelligence et se prêtant un concours réciproque.

A Paris, on ne va guère dans le monde avant dix heures ou dix heures et demie; et les femmes les plus élégantes ne craignent pas de montrer à l'Opéra ou aux Italiens les toilettes éblouissantes qu'elles vont porter au bal une heure plus tard. Ici, au contraire, l'usage d'aller dans le monde de bonne heure est poussé si loin qu'il en résulte parfois de fâcheux contre-temps. Tout dernièrement, un maître de maison nous racontait qu'à sept heures et demie, on lui avait annoncé l'arrivée de plusieurs personnes, conviées par lui pour un grand bal. Que dire d'un zèle aussi malencontreux ? ne vaudrait-il pas mieux laisser habiller les gens, et aller passer deux heures au spectacle ? Le Théâtre y gagnerait en éclat, car rien ne rend une représentation brillante comme le luxe des toilettes et la présence d'une société distinguée, et le monde n'y perdrait pas, ne fût-ce qu'au point de vue de la conversation.

— N'y aurait-il pas, je le demande, plus d'intérêt

à s'entretenir des impressions artistiques qu'on viendrait de ressentir, qu'à répéter les éternelles banalités qui font le principal charme du quadrille français. Ce serait peut-être un moyen d'en finir avec les : *« Il fait bien chaud,* ou *cette mazurke est charmante »* et autres thèmes également neufs et d'une originalité non moins piquante.

Cherchons maintenant à indiquer quelques-uns des moyens qui pourraient amener le monde au Théâtre.

Un des principaux , suivant nous, serait dans la réorganisation de la salle. Il n'est peut-être pas inopportun de le développer ici au moment où d'importantes réparations seront peut-être entreprises.

Ce sont surtout les loges qui peuvent donner de l'éclat à une soirée dramatique : c'est sur ce point que nous appelons de tous nos vœux une transformation notable. Nous allons essayer de développer de quelle manière nous la comprenons.

Nous voudrions, avant tout, que les loges fussent agrandies : rien n'empêcherait d'empiéter sur les premières et de créer des loges spacieuses, confortables, élégantes. On pourrait prendre pour modèles celles de l'Opéra-comique à Paris; par là une loge cesserait de ressembler à un casier; on en ferait un petit salon où des visites pourraient s'échanger pendant les entr'actes sans forcer la moitié des personnes qui occupent la loge à se tenir debout ou à quitter la place.

Ainsi réparées, les loges présenteraient un charme nouveau, et, comme leur nombre ne pourrait être considérable, nous ne voulons pas douter qu'elles ne fussent prises à l'année par des familles riches et intelligentes qui trouveraient leur plaisir à encourager de louables efforts.

C'est ici le lieu d'indiquer une réforme qui devrait aller de pair avec celle des loges; nous voulons parler du mode de location à l'année.

Le prix devrait être augmenté et porté à tel chiffre qui serait jugé raisonnable ; *mais, la location d'une loge devrait, de toute nécessité, conférer au locataire des coupons qui lui seraient envoyés chaque jour*, et dont il pourrait, à défaut d'en user lui même, faire des politesses à ses connaissances. C'est là un point fondamental; c'est là le seul moyen d'éviter ces loges désertes qui attristent au suprême degré une salle de spectacle. Aujourd'hui, dire à quelqu'un «je vous offre ma loge pour ce soir» c'est lui imposer un déboursé de quatre fois trois livres dix sous, c'est, en un mot, lui faire une gracieuseté dérisoire. Nous ne voulons pour exemple en faveur de ce que nous proposons, que la loge de M. le Maréchal, garnie chaque soir de gens du monde et de femmes élégantes. C'est ainsi également que les choses se passent à Paris où les théâtres subventionnés sont fréquentés assidûment par la meilleure compagnie

D'autres réparations devraient accompagner la réforme des loges: on devrait changer nos mauvaises stalles en fauteuils confortables, diviser et numéroter tout ou partie des premières, créer des fauteuils d'orchestre , en diminuant le parterre , former sur le devant des premières trois ou quatre loges découvertes, comme celles du Théâtre Italien à Paris. Il y aurait lieu également de construire aux secondes, où la place ne manque pas, quatre loges latérales à salon, c'est-à-dire deux à côté de la loge du Jockey-Club, et deux autres en face. Ces loges, auxquelles on pourrait donner tout le luxe désirable, seraient facilement louées à des sociétés de jeunes gens. Des réparations devraient aussi avoir lieu dans le foyer qui n'est aujourd'hui ni élégant ni meublé. Enfin la salle devrait toujours être éclairée *à giorno*, pour mettre en lumière les jolies femmes et les riches toilettes qui s'y trouveraient chaque soir.

Une subvention large et spéciale devrait être accordée pour ces travaux, et la main habile, chargée de les diriger, résoudrait sans peine toutes les difficultés.

Nous voulons avoir foi dans cette restauration théâtrale. Aujourd'hui, malgré l'intelligence et les efforts de la direction, bien souvent le spectacle est désert. Qu'on ne vienne pas nous dire que l'exécution des pièces est insuffisante : nous en citerons bon nombre qui sont parfaitement montées, et qui n'ont pas réveillé de sa léthargie artistique le public auquel nous nous adressons. *Gustave III*, par exemple, compose un spectacle d'un charme incontestable et d'une exécution excellente; pourquoi donc n'y vient-on pas ? Hélas ! reconnaissez-le avec moi, l'art dramatique n'inspire à Lyon qu'une médiocre sympathie. Comme tout ce qui est beau et grand, il finira bien par avoir son jour; mais, en attendant, *mettons le théâtre à la mode !*

Il ne nous reste plus que quelques mots à dire sur les innovations à apporter dans la composition des spectacles.

Nous voudrions que l'élite de la troupe des Célestins se transportât une fois par semaine au Grand-Théâtre, pour y jouer ses meilleures pièces; on aurait ainsi, tantôt le mercredi, tantôt le vendredi, une soirée littéraire ; et, le succès·aidant, on pourrait arriver à reconstituer progressivement la comédie regrettée à juste titre par tant de personnes. Ce serait d'ailleurs rentrer dans l'esprit de la circulaire ministérielle adressée récemment à messieurs les préfets des principaux départements.

Le but auquel on devrait tendre, suivant nous, serait de donner le plus d'individualité possible au Théâtre de Lyon. Une louable tentative a été faite dernièrement en ce genre, et nous avons été heureux d'applaudir la musique de l'*Alchimiste*, dont notre théâtre a offert les prémices aux dilettanti lyonnais. Nous voudrions voir, chaque année, deux ou trois actes inédits faire leur apparition sur notre scène; et ce ne seraient pas les œuvres qui feraient défaut. Nous pourrions puiser à deux sources, Paris et l'Italie. Pourquoi ne chercherions-nous pas à introduire les premiers en France les opéras qu'on applaudit à Milan et à Florence, à la Fenice et à San-Carlo? D'un autre côté, les jeunes compositeurs français, qui tournent si longtemps autour des portes de l'Opéra-comique, qui frappent même vainement à celles du Théâtre lyrique, ne seraient-ils pas heureux de voir leurs opéras représentés sur un grand Théâtre, en présence d'un public nombreux et distingué? Bientôt même, des maîtres connus nous enverraient des partitions nouvelles; MM. Adam, Victor Massé, Grisar..viendraient revendiquer des succès dont il ne serait plus possible de méconnaître la séduction. Ne pourrait-on pas aussi entrevoir la création d'un conservatoire à Lyon, comme il en existe à Toulouse, Marseille, Lille, Douai, Cambrai, Metz, Nancy, Strasbourg, Arras, Nantes, Valenciennes? Ce que nous disons relativement à la musique, pourrait peut-être plus tard s'appliquer à la littérature, et alors à quelle hauteur n'atteindrait pas notre théâtre!

Pour que ces jours heureux arrivent, il faut que chacun apporte sa pierre à l'édifice: le public, un concours efficace, la direction des efforts persévérants, l'autorité administrative sa haute et intelligente protection .

Pour nous, ce serait l'accomplissement d'un beau rêve que d'assister à la régénération de l'art en province, et de voir le théâtre de Lyon entrer le premier dans cette voie glorieuse.

Toutes les personnes qui ont habité Paris, sentent bien que le plus grand charme de cette ville exceptionnelle c'est l'immense développement donné aux arts, les encouragements prodigués aux artistes par tout ce qui est intelligent, noble, riche, haut-placé. Que cet exemple soit suivi par nous: rien ne manque à la ville de Lyon ; elle possède un théâtre vaste et bien construit, un orchestre de premier ordre dirigé par un artiste éminent; elle a le pouvoir, la richesse, qu'elle ait donc la *volonté* !

Louis MORIN-PONS.

Lyon. — Imprimerie d'Aimé Vingtrinier, quai St-Antoine, 36.

Lyon. Imprimerie d'Aimé Vingtrinier, quai St-Antoine, 36.

www.ingramcontent.com/pod-product-compliance
Ingram Content Group UK Ltd.
Pitfield, Milton Keynes, MK11 3LW, UK
UKHW020117100726
13658UKWH00005B/2215